너를 생각하고 사랑 하고

김재홍 첫 산문집

한 시인이
바라보는 세상

너를 생각하고 사랑하고

LOVE

서교출판사

우리가 태어난 세상은

우리에게 아무것도 말해주지 않지만,

알 수 없는 세상을 살아가기 위해

우리는 사랑으로 살아가야만 한다

우리에게 가장
소중한 것은

오늘날 정서적인 장애를 느끼는 젊은이들이 많다고 한다. 어떤 철학자는 오늘의 사회를 피로사회, 우울사회라고까지 진단한다. 그 요인을 나는 한마디로 우리가 겪고 있는 무한 속도, 무한 경쟁, 무한 소유에 있다고 본다. 그런 관계망 속에서 가장 숨이 가쁘고 힘들게 살아가는 세대는 아무래도 우리 젊은 층들일 것이다. 어찌하나? 저 여리고 상처받은 영혼들을 어찌하나…… 발을 구르고 싶은 마음에 먼저 달려가 잡은 책이 바로 『너를 생각하고 사랑하고』이다.

 시인의 따뜻한 시선을 읽으면서, 조금씩 조금씩 변하는 나의 마음을 느낄 수 있었다. 고요해지는 마음, 부드러워지는 마음, 차분해지는 마음, 그러다가 끝내 평화로워지는 마음으로 되돌아갈 수 있었다. 그러니 마음이 답답하고 지치고 숨쉬기가 힘든 사람들이 있다면 이 책을 읽으시라. 그대도 나처럼 조금씩 편안해지는 마음, 고요해지는 마음, 평화로운 마음을 만나게 될 터이니…… 그대 또한 내가 이른 평상심에 이르게도 될 터이니.

이 책에는 아름답고 찬란한 삶을 위한 33편의 주옥같은 글이 실려 있다. 때로는 외로움과 크고 작은 아픔이 우리를 찾아오기도 하지만, 그럼에도 삶의 진정한 의미는 각자가 바라는 행복을 찾아가는 여정에 있지 않을까? 그것이 우리에게 가장 소중한 것이 아닐까!

좋은 문장은 우리의 마음을 달래기도 하지만 사람을 살리는 '약'이 되기도 한다. 김재홍 시인이 처방하는 사랑의 말, 축복의 말, 위로의 말들을 마음껏 음미하길 바란다.

2023. 가을

풀꽃 시인 나태주

I think about you
and love you

Part 1

너를 생각하고
사랑하고

인생

;

아주 가끔은 눈을 뜨고 싶지 않을 때가 있다
미치도록 힘들 때,
아무리 발버둥쳐도 벗어날 수 없는
깊은 수렁에 빠졌을 때
차라리 잠에서 깨어나지 말았으면 하는 순간이 있다

그렇게 영원히 잠들었으면 좋겠다는 마음이 들면
나는 늦게 늦게 잠에 든다
눈꺼풀 무게마저 견딜 수 없는 극한까지 참다가
스르륵 잠에 빠져든다

그러나 매정하게도

잠은 나를 붙잡아 주지 않는다

그 따뜻하고 포근하고 몽롱하고 환상적인 세계엔

누구도 오래 머물지 못한다

언제나 멀쩡히 눈을 뜨고 만다

지난밤 나를 짓누르던 모든 것들이

고스란히 되살아나 압박을 가한다

지나간 시간만큼 그 압력은 더욱 커져 있다

피할 데도 없고 피할 수도 없을 때,

아주 가끔은 눈을 뜨고 싶지 않은 그런

순간이 있다

그때는 나만이 깊은 수렁에 빠져 버린 듯

사람이라고는 하나도 보이지 않는다

고독감이 사무친다

외로움이나 쓸쓸함과는 다르다

고독은 완벽한 하나, 오직 나밖에 없다는

절대적 '홀로'를 깨닫는 순간이다

사람은 홀로 태어나 홀로 살아가는 존재다

삶은 고통과 행복이 엇갈리는 곳
죽음 곁에서 삶을 살며,
삶 속에서 죽음을 의식한다
죽음을 의식하기에 삶에 진실을 바치며,
죽음 곁에 있기에 삶을 소중히 생각한다

고생물학자들은 이 넓디넓은 우주에서
생명은 단 한 번 발생했고,
다시는 발생하지 않을 우연한 사건이라고 말한다

물질이 모여 생명이 되고,
생명이 흩어져 물질이 된다고 한다

"'물질'이 뭉치지 않고는 세상이 있을 수 없다" •

그렇다면 삶과 죽음은 '만남'과 '흩어짐' 아닐까

● 테야르 드 샤르댕, 프랑스의 고생물학자 · 지질학자

내게 주어진 '만남'이 아무리 고단한 것이더라도
그것이 내 삶의 조건이라면

그것과 함께 최선을 다해 살아내야 하리라
영원한 나의 '흩어짐'을 향해 노력해야 하리라

그것이야말로 내가 할 수 있는
나의 유일한 삶이므로

사랑

;

사랑은 결코 낡을 수 없다

사랑은 우발적인 사건이다
그것은 '알 수 없다' 혹은
'정답이 없다'가 정답인
수학적 난제와 같다

우리는 그렇게 '알 수 없는'
사랑으로 이 세상에 왔고,
또한 '알 수 없는' 사랑으로 살아간다

사랑이 사랑을 만나 사랑을 낳고
다시 사랑이 사랑을 만나 사랑을 낳는다

그러므로 사랑은
결코 낡을 수 없다

사랑은 언제나 '처음'이다

나도 모르게 내가 사랑하는 일도 항상 '처음'이며,
나도 모르게 나를 사랑하는 이도 늘 '처음'이다

사람은 누구나 자신이 알 수 없는 시간,
선택하지 않은 공간에 툭 하고 떨어진다

우리가 태어난 세상은
우리에게 아무것도 말해주지 않지만,
그렇기 때문에 우리는 깨닫는다
알 수 없는 세상을 살아가기 위해
사랑으로 살아가야만 한다는 것을

폼페이 최후의 날
불덩이 용암과 쏟아지는 화산재 앞에서,
곧 닥칠 육신의 죽음 앞에서 두 연인은
서로에게 용기를 주며 사랑의 말을 나누었을 것이다

"당신과 마지막을 도망치면서 보내고 싶지는 않아요"

불구덩이 속에서도 서로를 부둥켜안은 연인의 모습은
우리가 왜 사랑으로 이 험한 세상을 살아가야 하는지
말해주는 듯하다

칠흑 같은 밤하늘을 바라본다

도대체 알 수 없는 세상,

사랑하는 사람을 떠올린다

사랑은 날마다 우리 곁을 떠나지만

기어이 돌아오고야 마는 숙명 같은 것인지 모른다

나는 오늘도

알 수 없는 사랑으로

살아간다

❦ ❦ ❦

Love

우리는 그렇게 '알 수 없는'
사랑으로 이 세상에 왔고,
또한 '알 수 없는' 사랑으로 살아간다

사랑 Ⅱ

;

청바지를 입은 한 여인이
인천공항 입국장에서 뛰어오는 모습을
본 적이 있습니다

그녀는 기쁨 가득한 얼굴로
자신의 연인에게 뛰어올라
연신 입맞춤을 퍼부었습니다

주변 사람들의 시선 따위 신경 쓰지 않는
당당한 사랑의 표현이었습니다

그 표정이 기억에서 지워지지 않습니다
무엇이 그토록 그녀를 행복하게 만들었을까요

시몬 베유＊는
받아들이기 위한 빈자리가 있는 곳에만
은총이 찾아든다고 했습니다

● 시몬 베유, 프랑스의 사상가

입맞춤을 나누던 그녀에게는

연인의 빈자리가 있었고

사랑은 바로 그 자리로 찾아왔을 것입니다

모든 것이 가득 차 있다면

그곳에는 다른 것이 들어설 수 없습니다

사랑은 빈자리가 있어야 비로소 찾아옵니다

마음속 걱정과 고민으로 잠 못 이루는 사람들이 있습니다
사랑을 잃어버렸다고 말하는 이들,
가슴을 짓누르는 단단한 돌덩이에 눌린 사람들

그러나 이젠 사랑을 위하여
"나에게 작은 손을 내밀어
눈물과 위안으로 잡는 최초의 악수"*를 나눕시다

● 윤동주, 「쉽게 씌어진 시」 중에서

사랑을 위하여 내 마음의 빈자리를 받아들입시다

지금 내게 없는 것, 그것 때문에 절망할 것이 아니라

바로 그 자리에 사랑이 찾아오도록 합시다

이별 다음의 만남

불합격 다음의 합격

다툼 다음의 화해

잃음 다음의 얻음

나는 다가올 사랑을 위해

가슴을 짓누르는 돌덩이를 들어내려

노력하고 또 노력합니다

돌덩이가 사라진 빈자리로 찾아드는

사랑과 뜨겁게 만나기를

나는 진실로 진실로 소망합니다

희망

;

"당신이 무엇을 꿈꿀 수 있다면,
당신은 그것을 이룰 수 있다"

월트 디즈니의 이 말은
꿈꾸는 모든 이에게 희망을 선사한다

나의 미래는 아무것도 보여주지 않았고
끝내 아무것도 보여주지 않겠지만
나의 꿈은 무한대로 펼쳐진다
나는 꿈속에서 힘을 내고 웃는다

지금,

양화대교 아래 강물은 낮게 낮게 반짝이며 흘러간다

강은 낮아서 더 낮을 수 없는 곳까지 흘러

세상에서 가장 넓은 바다를 만난다

내가 참다운 시인이라면,

이 세상 가장 낮은 곳에서 시를 적으리라

시는 높은 데 사는 예술이 아니며,
빛나는 곳을 찾아가는 문학이 아니기에
스스로 낮고 낮아져서 그곳에 머문다

시인은 세상 가장 낮은 곳에서
살아가는 모든 이들에게
꿈꿀 수 있는 희망을 건네는 사람이다

내가 사업가라면,

남해안 한려수도 어느 무인도를 사서

꿈의 제국을 세우겠다

아무도 없는 빈 땅에 주식회사 '섬'을 만들어

미래를 꿈꾸는 사람들을 모아

'섬'의 진짜 주인으로 만들겠다

화려한 서울 한복판,

높디높은 빌딩 숲 사이로

소외되고 가난한 이들을 위한 '밥집'이 있다

너무나 평범한 손님들,

그들은 고맙다는 말을 수시로 하면서

봉사자들의 건강과 행복을 빌어준다

그들에게는 다른 이들이 가진 것 대부분이 없지만,

어쩌면 돈 빼고는 다 가진 이들인지 모른다

그들의 말과 행동은 나와 다르지 않으며

그들의 꿈과 희망도 나와 다를 수 없다

나는 그들이
노숙인이나 홀몸 노인을 바라지
않았다는 것을 너무나 잘 안다

스피노자는
희망은 슬픔 없이는 존재할 수 없다고 했지만
슬픔 때문에 희망을 포기할 수는 없는 일이다

희망,

그것을 통해 아직 오지 않은 것,

다가올 미래를 상상한다

마음을 다하여

내가 바라는 것

내가 이루고 싶은 것

내가 원하는 모든 것을 상상한다

오늘 하루도 이렇게 꿈꾸듯 지나간다

❦ ❦ ❦

결혼

,

결혼이라는 것,
누구와 언제 어디서 예식을 올리고
어느 집에서 어떤 살림을 갖추고 사느냐
하는 것만으로는 다 표현할 수 없는
훨씬 복잡하고 심대한 삶의 갈림길이다

연애가 낭만이라면, 결혼은 현실이다
로맨티시즘과 리얼리즘 사이에 결혼이 있다

어느 시인이 이야기한 것처럼

한 사람이 온다는 건 어마어마한 일이다

그 사람의 일생이 오는 것이기 때문이다*

결혼은 서로의 다름을 깨달으면서

그것과 기쁘게 포옹하는 일이다

● 정현종, 「방문객」 중에서

한 사람 때문에 엄청난 고통을 당하거나,
한 사람 때문에 황홀감을 느끼는 것,
결혼은 그 사이 어딘가에 있다

그럼에도 결혼의 행복은
희망을 얘기할 때 찾아온다

두 사람의 미래를
서로 함께 만들어가겠다는
'희망'의 언어 말이다

힘을 합치면 무엇인가 할 수 있을 거라는 믿음,

지금 이 힘든 생활 속에서도

너를 믿고 너와 함께

나를 믿고 나와 함께

이겨내리라는 의지가 결혼 생활의 에너지원이다

내가 사랑할 수밖에 없는 사람과

영원히 함께하겠다는 결정,

물음표를 느낌표로 만드는 결정,

결혼이란 바로 그런 사랑이다

❦ ❦ ❦

여행

'

가벼운 마음 가벼운 걸음으로
국제공항 청사를 떠나는 일은
언제나 즐겁다

문득 배낭 하나 짊어지고
산으로 강으로 바다로 떠나는 것
그것은 우리의 고단한 삶에
맑은 에너지를 공급해 준다

모든 여행은
'나'를 위해 떠나는 여행이다
'나'를 찾아가는 여정이다

언제 어떻게 떠나더라도
'나'를 찾아가는 여행이라면
그것으로 족하리라

그것은 자신을 풍성하게 하고
지혜롭게 만들어주는
최고의 선물이기 때문이다

떠나지 않고서는
자신이 누구인지
알 길이 없다

떠나야 한다
'나'를 떠나야
진정한 '나'를 만날 수 있다

Travel

떠나지 않고서는
자신이 누구인지
알 길이 없다

떠나야 한다
'나'를 떠나야
진정한 '나'를 만날 수 있다

괴테는 『젊은 베르테르의 슬픔』으로 이미
최고의 명성을 얻었지만
자신이 마주한 온갖 의무와
사랑의 고통에서 벗어나기 위해
오랫동안 동경했던 이탈리아로 떠났다

그는 끊임없이 번뇌했다
여행지의 아름다움에 감탄하면서
자신의 좁은 삶을 반성하면서,
마침내 그는 새로운 자신을 찾아내었다

여행의 진정한 목적은
어디에 도착하기 위해서가 아니라
'떠남' 자체에 있다는 괴테의 말은
언제나 가슴 뛰게 만든다

넓디넓은 이 세상,
참다운 '나'는
어디에 있는가

오늘 밤은 나도
'나'를 찾아 떠난다

❦ ❦ ❦

우정

;

'우정'은 참 따뜻한 말이다
다정한 친구와의 속 깊은 대화와
무엇을 해도 이해해 주는 넓은 마음이
그 말에서 느껴진다

그래서 우리는
언제나 어디서나 우정을 찾는다

고대 로마의 철학자 키케로는 우정을
'지상의 모든 재물보다 귀중한 것'이라고 말했다

하지만 우정은 덩어리째 한꺼번에 생기지 않는다
그것은 아주 개인적이고 구체적인 현실이며,
또 그래야 한다

모두와 친하다는 이야기는,
그래서 무척이나 공허하다

초등학교의 우정,
중고등학교의 우정,
대학교의 우정
이렇게 막연한 건 우정이 아니다

사람들의 생활과 습관과 개성이
낱낱으로 보이지 않고 그저 한 덩어리로 보일 때
각자의 개성이 사라지고 덩어리로만 보일 때
그때는 진정한 우정이 생길 수 없다

우정은 '나'와 '너'의 관계에서 비롯된다
삶 속에서 울고 웃고 다투고 화해하는 동안 생기는
살가움, 익숙함, 편안함, 다정함이 모여 우정이 된다
그렇기에 우정은 쉽게 쌓이지도 않으며,
쉽게 허물어지지도 않는다

우정은 개개인의 관계이다
단순한 개인이 아니라
오감으로 체감한 개인들이
서로를 나누어 우정을 쌓아간다

내 친구, 수학 선생 성일이
내 친구, 열쇠공 수현이
내 친구, 택시기사 인식이
모두들 다정하고 따뜻한 친구들

한 사람의 삶과 운명이 세밀하게 보일 때
집단과 무리 속에서 올곧게 살아 있는
바로 그 개인이 보일 때
거기서 비로소 우정이 탄생한다

우정에는

'나'가 있어야 하고,

'너'가 있어야 한다

❦ ❦ ❦

그대가 가진 것이 무엇이건 나누세요.
나눔으로써 타인을 돕는 것이 아니라
그대가 성장할 것입니다

오쇼 라즈니쉬
Osho Rajneesh

During our lives

Part **2**

우리 사는
동안에

생명

;

식물학자가 아니어도

동물학자가 아니어도

생화학자가 아니어도

우리는 누구나

생명에 대한 빠르고 예민한 감각을 가지고 있다

내가 살아서 경험하고 느끼는 것

내가 만나서 다투고 화해하는 것

생활의 모든 것이

정말 실감나는 생명 현상이기 때문이다

우리는 시시각각 변화하는 자신의 육체를 통해

활력을 느끼기도 하고

때로는 심한 무력감을 느끼기도 한다

한 순간 통쾌한 성취감과 희열을 느꼈다가도

고통스런 상황에 직면하거나

이겨내기 힘든 벽을 마주하면

깊은 절망에 빠져 헤어나지 못하기도 한다

힘들고 지칠 때마다
가족을 찾거나
친구를 찾고
또 자연을 찾아 공원이나 숲을
거닐기도 한다

그러고 보면
한 생명을 살아가게 하는 힘은
이 세상 모든 곳에
퍼져 있는 듯하다

마음을 열고
다가오는 생명력을
오롯이 받아들이는 것
그것이 살아있는 삶이다

내가 기쁠 때 함께 기뻐할 사람을 찾고

내가 힘들 때 나를 위로해 줄 사람을 찾는 것처럼

나도 누군가에게 기쁨을 주고

위로를 건넬 수 있기를 소망한다

생명이란,

삶과 삶이 서로를

나누고 소통하는 것이기에

🌱 🌱 🌱

호기심

;

호기심은
새롭고 신기한 것을 좋아하고
모르는 것을 알고 싶어 하는 마음입니다

그것이 인간에게 문명을 선사했습니다
궁금한 것을 참지 못하는 우리 인간은
달나라에 사람을 보내고
화성에 탐사선을 보냈습니다

우주를 향한 호기심이
보이저 호를 발사하게 했고,
이제 그것은 인간이 만든 창조물 가운데
태양계를 벗어난 최초의 물질이 되었습니다

또한 호기심은
생명을 지키는 거의 유일한 에너지입니다
인간이든 동물이든 생명체가 장수하려면
알아야 하고, 살펴야 하니까요

모르는 것을 경계하고
낯선 것을 주의 깊게 살피는 특성이 없다면
그 생명체는 험난한 세상을 오래 살아갈 수 없을 것입니다

문화인류학자 그레고리 베이트슨*은 이렇게 말했습니다

"인간은 스토리로써 사고한다"

호기심 가득한 인간의 본성을 일깨워 주는
의미 있는 말입니다

● 그레고리 베이트슨, 영국 태생의 미국 문화인류학자

어떤 이야기든 스토리에는 인물이 존재합니다

주인공이 있고 보조인물이 있고 주변인이 존재합니다

심지어 동물이나 벌레 얘기를 해도

그것은 인간에 대한 비유로 해석됩니다

이떤 이야기꾼도 자신의 이야기 안에

인물의 성격을 만들지 못한다면

그 스토리를 시작할 수도 끝맺을 수도 없습니다

반대로 이야기를 듣거나 읽은 사람은

그것이 흘러가는 마디마다

다음에 이어질 상황을 궁금해 하면서

아무리 긴 이야기도 끝까지 듣고 읽어냅니다

이것이 호기심을 충족시켜 주는

이야기의 마력이지요

세상에 비밀이란 없다지만,

호기심이 있는 곳에는

문명이 있습니다

희망 II

;

희망은 언제나
희망을 필요로 하는 사람의 가슴속에 있고
희망을 향한 간절함의 크기만큼 이루어진다

깊은 밤
나는 한 편의 시를 쓴다

사람과 하늘을 잇는 한 편의 시,
이 세상 무거운 짐을 진 이들에게
그 고단한 삶을 견디게 하는
하늘이 있음을 알리는 시,

나는 나의 시가

「오페라의 유령」에 나오는

저 거대 도시 지하의 축축한 하수관이 아니라

푸른 하늘을 향해 날아오르는

사람들의 머릿결을 쓸어주는

금빛 바람이면 좋겠다

나는 새로움을 향한 시인들의 열망과 함께하지만
과격한 언어와 기괴한 표정은 인정하지 않는다
그 자폐적 신호를 현대성으로 추어올리는
헌사에도 동의하지 않는다

그것은 시와 시인에게 주어진
'희망의 전령'이라는 책무를
가차 없이 내던지는 행위이기 때문이다

시는 결코 특별한 예술이 아니며
희망을 필요로 하는 사람들과 함께하는
지극히 간절한 예술이어야 한다

시는 희망을 버리지 못하면서도
날마다 불안해하는 우리 마음에
작은 불씨 하나를 지피는 일이기 때문이다

희망은

지치고 힘든 몸을 일으켜

그곳으로 달려가게 하는 원동력이다

희망은

이미 이루어낸 일이 아니라

앞으로 이룩해야 할 삶의 목표이다

희망은

오늘 하루를 소중히 생각하며

최선을 다해 살아가는 우리 모두의 꿈이다

그러므로 희망은 우리 앞에

우리 안에

우리 가슴속에 있다

❀ ❀ ❀

희망은

지치고 힘든 몸을 일으켜

그곳으로 달려가게 하는 원동력이다

기도

I

낮게 내린 회색 하늘에서
하얀 눈이 내렸다
녹을 듯 녹지 않는 여린 눈이
지상에 내리는 신의 입김 같았다

눈은 내려 지상의 무엇을 덮는가
내 영혼은 물음을 따라
미궁에 빠진 생쥐처럼 질문에 쌓여
골목을 서성였다

2

대한을 앞둔

눈발 스치는 어느 날

나는 명동대성당 성모동산을 찾아가 인사를 드렸다

성모님께선 아무런 내색 없이 그저 정물처럼

겨울 동산의 아이콘이 되어 서 있었다

"성모님의 전구를 빕니다"

나는 쉬지 않고 기도했다

기도를 멈출 수 없었다

무기력한 내가 기댈 것은 기도뿐이었으므로

3

많은 사람들이 종교에서 위안을 얻고 힘을 낸다
고단하고 힘든 삶을 견뎌내는 활력을 얻는다

기도는 믿음이다
보이지 않고 만질 수 없는 대상을 믿으며,
기도를 통해
자신의 어려움을 이겨내고
생각과 말과 행동을 반성하며
삶의 의미를 채워간다

4

내가 불안에 떨면서도

기도를 할 수밖에 없는 것은

힘들고 어려운 세상을 살아가기 때문이다

나날의 삶 속에서

하늘을 향해

온 마음 다해 기도하는 것,

그것은 우리에게 희망이 있기 때문이다

내 마음의 시간

나만의 시간

나는 오늘 무엇을 하며

무슨 생각 속에서 하루를 살았던가

나의 꿈, 나의 소망

내가 가고자 하는 곳을 향해

얼마나 멀리 나아갔던가

나를 가로막는 것들

나를 머뭇거리게 하는 것들

나를 붙잡는 유혹들을 넘어

얼마나 자유롭게 나의 길을 걸어갔던가

오늘 밤도

나와 함께 살아가는 모든 이들이

자유롭고 행복한 삶을 위해

앞으로 나아가기를 기도한다

용기

;

용기는
언제나 어디서나 겁내지 않고
굴하지 않는 기백과 자신감이다
당당함이다

그러므로
용기는 씩씩하고
힘차고
꿋꿋하다

하지만 나에겐 용기가 부족하다
용기도 기댈 데가 있어야 생기는 법인데
내게는 그것이 없다

무턱대고 씩씩하게 구는 것은
무모한 '닥공'(닥치고 공격)일 뿐이다

뭔가를 이룰 수 있다는 생각,
내가 대단한 사람이라는 생각,
그런 착각보다 쓸쓸한 일이 또 어디 있을까

어쩌면 쓸데없는 호기를 부리지 않으려고
용기를 던져두고 사는 건지 모르겠다
자꾸 주눅이 들고 불안해진다

정신은 한 편의 시를 향하면서도
몸은 매일매일 회사로 나가야 하는 모순,
그것에서 벗어나고자 방송국을 뒤로하고 나왔지만
불안감은 여전하다

배고픈 소크라테스가 아니라
차라리 배부른 돼지로 살고 싶다

진정한 용기란
나를 솔직하게 인정하는 게 아닐까
나를 부끄럽게 하는 것들까지
솔직하게 인정하는 떨리는 고백이 아닐까

내가 못 하는 것

못난 것

무능한 것

부족한 것

무기력한 것

그것들을 솔직히 고백하는 것 아닐까

솔직하지만 무모하지 않은
성공도 실패도 모두 솔직히 인정하는

나의 부족함을 인정하는 것
나의 무기력을 솔직히 시인하는 것
그래서 내가 누구인지 분명히 아는 것,

나는 그것이
진정한 용기라고 믿는다

❦ ❦ ❦

고통

,

고통은
삶이 살아지는 게 아니라
살아내야만 하는 거라는 걸
깨달을 때 찾아온다

우리는
태어날 때부터 아픈 존재들이다

나는 어린 시절부터 지금까지
고통에서 벗어나 본 적이 거의 없다
차라리 고통과 한몸이었다

그것은 굶주림이었고
필요한 것을 살 수 없음이었고
마음껏 공부할 수 없음이었다

보고 싶은 것을 볼 수 없었고
만나고 싶은 사람을 만날 수 없었다

비어 있음,

혹은 부족함

그것은 어릴 적 내 고통의 뿌리였다

하지만 그때는 고통이란 것을 잘 몰랐다

힘들고 지칠 때면

'나는 천상의 어느 궁전에 살다 무슨 죄를 짓고

이 험한 세상 나락에 떨어져 살고 있다'며

스스로를 위로하고는 했다

그러나 이제는 안다

나는 더 이상 천상의 어느 불운한 왕자가 아니며

아무리 간절한 기도를 바쳐도

그것만으로는 하늘에 닿을 수 없다는 것을,

나의 마음과 노력만이 아니라

하늘의 도움이 있어야 한다는 것을

이제는 안다

세상은 어느 열혈 청년의

외로운 투쟁만으로는 변화되지 않으며

하루를 이어 하루를 사는 변치 않는 나날이

진짜 인간 세상임을

세상은 처음부터 누구를 위하여 존재하는 게 아니고
하늘은 특별히 어느 한 인간을 귀애貴愛하지 않는다는 것을

나는 '행복의 근원이 끝없는 고통'이라는,
고통이 있어 행복이 빛난다는
쇼펜하우어의 생각에 동의하지 않는다
동의할 수 없다

선택할 수 없는 것이라고 하여
이 세상 가득한 고통을
추호라도 옹호하고 싶은 생각이 없다

어느 경우에도 고통은 인간의 삶에 해로운 것이다
행복해서 웃는 게 아니라
웃기 때문에 행복하다는 윌리엄 제임스*의 말은
그런 점에서 짙은 페이소스를 느끼게 한다

그러므로 아프다고 하기보다 차라리 웃겠다
웃어서 이겨내겠다
그래야 사라지지 않는 고통을
고통스럽게 느끼지 않게 될 테니까

❦ ❦ ❦

● 윌리엄 제임스, 미국의 심리학자 · 철학자

슬픔

;

아주 가끔씩
알 수 없는 일이 벌어진다

그토록 평화로운 도시 한복판에서
멀쩡한 비행기가 건물을 들이받고 폭발한 사건이라든가

그토록 많은 사람과 짐을 실은 배가
알 수 없는 키 조작으로 침몰한 사고라든가

그토록 많은 목숨을 앗아간
해일과 지진과 쓰나미까지

천재지변과 대형사고 앞에선
안전도 자유도 모두 공허한 일이 되어 버린다

장소는 '안전'을 상징하고
공간은 '자유'를 상징한다고 하는데
우리에게 안전한 장소가 있을까
자유의 공간이 있을까

수많은 사람들의 목숨을 앗아간 그 일들을
대체 무엇이라 말할 수 있을까

한없이 무기력한 인간의 실체를
속속들이 확인할 때
눈물 외에는 아무 방법이 없을 때
그냥 눈물이 눈을 뚫고 나온다

왈칵 솟구친다

쏟아지는 눈물을 막을 수 없다

운다고 해결되는 건 아무것도 없지만

울기라도 해야 위안이 된다

해도 해도 안 될 땐 차라리 울기라도 해야 한다

나의 눈물을 싸구려로 만들지 말아야 한다

지금 흐르는 이 눈물이 마지막이 되도록 해야 한다

다시 슬프고 싶지 않다면
슬픔을 딛고 우뚝 일어서야 한다

그럴 때 슬픔은
실패가 아니다

슬픔은 절망이 되어서는 안 된다

이 밤의 눈물이 나의 마지막 슬픔이기를,
마지막 고통이기를

Sorrow

다시 슬프고 싶지 않다면
슬픔을 딛고
우뚝 일어서야 한다

그럴 때 슬픔은
실패가 아니다

쾌락

;

나에게 쾌락이란
에피쿠로스가 말한 것 같은
거대한 철학적 담론이 아닙니다

일상의 삶에서 소중하게 생각되는 것을
소중하게 다루고 소중히 여기는 일입니다

그러니까 쾌락은

솔직한 고백이거나

차라리 즐거움의 즐거움입니다

그것은 나의 솔직한 내면이자

진정한 나의 목표라 할 수 있습니다

쾌락은 죄악이 아니기 때문이지요

내가 사랑하는 이의 삶에서 기쁨을 얻고

내가 좋아하는 일에서 행복을 누리고

내가 쓰고 싶었던 글을 마주할 때

누릴 수 있는 기쁨

그것이 바로 쾌락입니다

쾌락은

내 몸이 원하는 것을 즐기게 하고

내 영혼이 행복을 누릴 수 있게 하는 것입니다

왜 나는 나의 행복을 숨기려 애썼던가요

왜 나는 니의 사랑에 솔직하지 못했던가요

솔직해집시다
내가 좋아하는 것,
사랑하는 것,
즐거워하는 것을
솔직하게 표현합시다

자유로워집시다
나의 성적 취향과,
사랑하는 사람과,
사랑의 표현에
자유로워집시다

나의 욕망을 드러내는 것

충족되지 않는 나의 쾌락을 당당하게 표현하는 것

그것이 진정한 '쾌락'입니다

🌱🌱🌱

나의 시간

;

나는 나를 제대로 바라보지 못했다
그럴 만한 시간이 없었다
내가 해야 할 일은 언제나 너무 많았다

부모님이 시키는 일,
학교가 시키는 일,
선배가 시키는 일,
언제나 남들이 시키는 일을 해야만 했다

나를 깨닫는 시간이 없었다
내가 무엇을 좋아하고 무엇을 할 수 있는지,
나는 누구인지 한 번도 물어보지 못했다

그렇게 시간은
눈발처럼 흩날렸고
빗발처럼 스쳐 지나갔다

나의 시간은
때로는 떨어지는 꽃잎처럼,
때로는 찬바람에 흩어지는 나뭇잎처럼 사라져 갔다

난생 처음 백일장에 나가 받은 꼴찌 상 '입선',

그 도화지 한 장은

무시무시하고 황홀한 힘을 가지고 있었다

그것은 나의 가슴에

비교할 수 없는 자부심을 안겨 주었고

다른 모든 것을 포기해서라도

꼭 시인이 되어야겠다는 욕망을

깊게 깊게 새겨 넣어 주었다

그러나 시는

쭉정이 시인 지망생이 결코 알 수 없는 곳에 있었다

보이는 것에 취해서는 결코 도달할 수 없었다

시를 향한 열망의 강도만큼

진실한 내면이 받쳐주지 않는 자에게

시는 곁을 내어주지 않았다

그렇게 나는 오래 허우적대며 방황했다

잠 못 이루는 밤

나의 벌거벗은 몸을 들여다 본다

내 삶의 고비마다 밤을 새워 고민했던 일들이

부끄럽기만 하다

사랑이니 이별이니 고통이니 희망이니 했던 많은 말들이

감상의 찌꺼기라는 생각도 든다

그러나 이제는 안다
그 몸이 바로 나라는 것을
내가 마주해 온 시간과 생각이
나 자신이라는 것을

이제는 모든 이들이
자신의 맨몸을
조용히 마주했으면 좋겠다

❦ ❦ ❦

이별

;

유난히 추웠던 어느 겨울날
불콰한 얼굴로 한 후배 시인은 말했다

"너무 외로워서 칫솔 두 개를 썼어요
그랬더니 조금 덜 외로워지대요"

석 달의 연애,
그리고 자취도 없이 사라진 그의 연인

'짧은 만남, 긴 이별'에 체념한 듯
그가 거푸 소주잔을 비울 때마다
나는 그 속도를 따라가느라 애를 먹었다

그는 신춘문예를 통해 시인으로 등단했고

화엄학華嚴學을 전공하는 드문 연구자가 되었지만

떠난 연인의 빈자리는 여전히 채워지지 않은 듯했다

동파 비상대책이 뉴스에 오르내리는

혹한의 추위 속에서

우리는 밤이 깊도록 술을 마셨다

돌이켜 보면 내 곁에는 나를 떠난 이들,
더 이상 나와 함께하지 않는 사람들이 너무나 많다

세상을 떠난 이들
다투고 결별한 이들
헤어지고 헤어지고 또 헤어진 사람들
수많은 이유로 더는 만나지 못하는 이들
멀리 떨어져 자주 보지 못하는 이들……

내 곁에 없는 이들이 나를 힘들게 한다
사람이 사람을 외롭게 한다

어떤 이들은

자신과 생각을 함께 나눌 사람이 없어

외로움을 느끼고

어떤 이들은

깊은 슬픔에 빠진다

사람의 마음이란 참으로 알 수 없는 것이어서

어떤 때는 온 우주를 품을 만큼 넓었다가도

어느 날엔 바늘 하나 들어가지 않을 만큼 작아진다

외로움의 경계를 넘어 슬픔에 이를 때

'칫솔 두 개'가 나를 위로해 줄 때

나는
슬픔의 끝을 향해 소리친다

이별의 슬픔이여
이제는 안녕!
영원히 안녕

❦ ❦ ❦

작은 변화가 일어날 때
진정한 삶을 살게 된다.

레프 톨스토이
Lev Tolstoy

We love each other
and learn from each other

Part **3**

서로 사랑하며
배우며

예술

;

밝고 높고 빛나는 무대 위에서
대중들의 환호와 찬탄 속에서
주연배우로서의 소감과 포부를 밝히는
수상자의 모습은 색다르게 아름답다

하지만 사람들은 그들의 화려한 외면 속에
고단한 내면이 있으며
빛남 속에 어둠이 있다는 것을
주목하지 않는다

관객은 완성된 영화의 겉모습을 즐길 뿐이지만
그 이면에는 밤낮을 가리지 않는 살인적인 촬영 스케줄과
육체노동에 가까운 고된 땀방울이 서려 있다는 것을
알지 못한다

연극도 마찬가지이다

대학로의 배우들 사이에선

'하고 싶은 것 하나를 하기 위해선

하기 싫은 것 열 가지를 해야 한다'는 말이

통용된다고 한다

연극을 하기 위해 막일을 하고

대리기사를 뛰고

설거지를 하고, 배달을 하기도 한다

관객의 박수와 환호를 꿈꾸며

일상의 모든 힘든 일과 시련을 견뎌낸다

어쩌면 회화도 이와 다르지 않으리라
화가이자 시인이었던 금은돌*이 표현한 것처럼
그것은 빛이 통과하는 길,
소리가 들리는 길을 열어놓는 일인지 모른다

빛과 소리로 세상의 모든 감각을 표현하는
순백의 캔버스에는
매일매일 창세기가 펼쳐지는 셈이니까

'없는 것'에서 '있는 것'을 낳는 일은 언제나 고통이다
영화와 연극과 소설과 마찬가지로
회화도 혹독한 시련을 거쳐서야
세상에 태어날 수 있다

● 금은돌, 시인이자 평론가, 화가로 활동했던 한국의 예술가

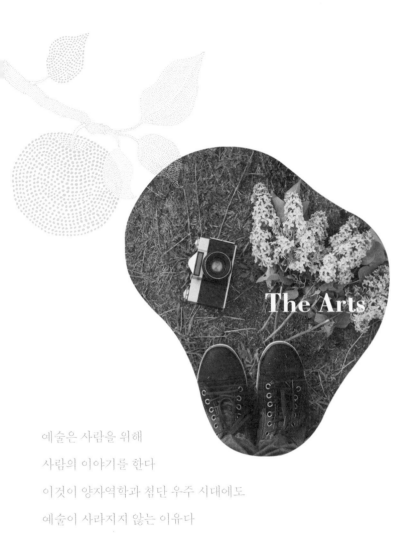

The Arts

예술은 사람을 위해

사람의 이야기를 한다

이것이 양자역학과 첨단 우주 시대에도

예술이 사라지지 않는 이유다

나는 왜 하필이면 시를 좋아하고
시를 쓰며 살게 되었을까

세상에는 참 많은 예술이 있고
그 가운데에는 더없이 화려한
영화와 오페라와 뮤지컬 같은 것도 있는데
나는 왜 시를 선택하게 되었을까

언젠가

문학 비평을 하는 후배에게 이렇게 말한 적이 있다

"영화는 예술 아니고, 소설은 문학 아니다"

시인으로서 시를 옹호하기 위해 한 말이었지만

그는 아직까지 연락조차 하지 않는다

그는 나와 같은 서정의 옹호자가 아니라

영화와 소설이 보여주는

이야기의 힘을 믿는 사람인지 모른다

예술은

무거운 철학적 사유도 아니지만

가볍기만 한 놀이가 아니며

힘들게 살아가는 모든 이들이

지친 영혼과 육신을 일으켜

어깨를 기대는 위안처다

예술은 사람을 위해 사람의 이야기를 한다

이것이 양자역학과 첨단 우주 시대에도

예술이 사라지지 않는 이유다

❦ ❦ ❦

공

;

카타르 월드컵이 끝났다
36년 만에 우승을 차지한 아르헨티나는
나라 곳곳에서 커다란 축제를 펼쳤다

메시와 음바페가 황제 자리를 놓고 벌인 대결이었다느니
죽은 마라도나와 산 메시의 진검승부였다느니
유럽과 남미의 양강 구도가 재현됐다느니 말도 많았지만
축구공 하나로 세계인을 울고 웃게 만드는 일은
언제나 놀랍기만 하다

공이 일으키는 예측할 수 없는 운동은
말 그대로 인간 세계를 쥐락펴락한다

축구든, 야구든, 배구든, 농구든
세계 곳곳에서 수많은 이들이 스포츠를 즐기며
그것에서 쾌감을 느끼고
그것으로 고단함을 달랜다
공은 진정한 휴머니스트다

둥글둥글 공은

자기 뜻대로 움직이지 않고

사람들의 자극에 반응하면서 움직인다

공은 외부의 힘을 받아들이는 완전한 수동태다

말없이 모든 작용을 받아들인다

그렇기에 공은 어느 누구와도 대결하지 않는다

나는 공에서
모든 것을 받아들이는 진정한 포용력을 본다
그것이야말로 공이 가진 미덕이다

어쩌면 인생을 둥글게 살라고 가르치는 것은
공놀이에서 얻은 오랜 교훈인지 모른다

그러나 우리는 이따금 잊어버린다

쉽게 분노하고 쉽게 기뻐한다

경기 결과에 불만을 품고 선수단에 엿을 던지는가 하면

어느 나라에선 자책골을 넣은 선수에게

총을 쏘기도 했다

경기 결과가 아니라
선수들이 내뱉는 소리 없는 함성과
쏟아지는 땀방울에서 감동을 느꼈으면 좋겠다

스포츠에는 자신의 모든 것을 내던지는
필사적인 순간이 있다

한 골을 넣기 위해 모든 것을 걸지 않으면 안 된다
안타 하나를 치기 위해 모든 힘을 쏟아야 한다

그것이 스포츠가 우리에게 주는
감동의 원천이다

🌷 🌷 🌷

쉼표

I

두 남자가 나무를 베고 있었다

한 사람은 젊은 사람이었고
다른 사람은 나이가 든 사람이었다

나이가 든 사람은
슬렁슬렁 자신의 체력에 맞춰
쉬어가며 일을 했고

젊은 사람은
자신의 힘을 과시하듯
쉬지 않고 나무를 베어 나갔다

해질 무렵이 되자
젊은이는 크게 놀랐다
자신의 작업량보다 훨씬 많은 나무가
나이 든 어른 앞에 놓여 있었기 때문이다

입이 쩍 벌어진 젊은이에게
노인이 말했다

"젊은이, 나는 쉬엄쉬엄 쉬어가며
 무뎌진 도끼 날을 갈았다네."

2

음악을 하는 사람에게도
시인에게도
가장 어려운 것은
쉼표를 지키는 일이다

정확한 순간에 멈추고
그 잠깐 사이 다음에 나올 음을
제대로 준비하는 게 음악인들의 숙제이듯

시인들도
시어를 통해 드러나는 의미가 아니라
말과 말 사이에 뜻을 담는 일을
그토록 힘들어한다

쉼 없이 뛰기만 하는 사람은
장거리 달리기를 완주할 수 없다

쉬지 않고 산을 오르는 사람은
결코 높은 산의 정상을 밟지 못한다

쉰다는 것은 멈추는 것이 아니라
오히려 앞으로 나아가는 것이다

'쉼'은 멈춤이 아니라
새로운 출발이다

3

그렇다면 지금 나는
어디로 가고 있는 것일까

나의 휴식은
나를 어디로 이끌어가는 것일까

부디 그것은
말과 말 사이의 어느 고요한 공백이기를,
내가 살아가는 세상과
내가 사랑하는 사람들의 평화이기를,

그리하여
결코 마침표가 없는
영원한 행복이 찾아들기를

❦ ❦ ❦

정의

;

인간이 피할 수 없는 숙명의 하나는
자신이 속한 공동체를 벗어날 수 없다는 점입니다
사람은 혼자서는 살아갈 수 없기 때문이지요

'나'는 언제나 '우리'와 함께 살아가야 합니다

하지만 너와 내가 만나 참다운 우리가 되는 것은
생각만큼 쉬운 일이 아닙니다

사람들은 오래도록 평화를 꿈꾸었지만
이 땅에서 전쟁과 살육은 끊인 적이 없습니다

나치즘과 파시즘

스탈린주의와 전체주의와의

혹독한 싸움 끝에 얻어낸 자유에 대하여

이탈리아의 철학자인 조르조 아감벤*은

아주 솔직하게 고백합니다

국가 질서 속에

편입되려는 우리의 노력이

다시 한 번 권력에게 무시무시한 토대를 제공했다고요

● 조르조 아감벤, 이탈리아의 철학자 · 미학자

개인의 자유와 공동체의 질서는 조화될 수 없는 것일까요
왜 '우리'는 '나'를 가두고 통제하고 배척하고
차버리는 것일까요

진실을 찾아 화해를 모색해야 한다는 말을
이곳저곳에서 자주 접합니다

화해가 필요하다는 것은
갈등이 있다는 말입니다

일본 제국주의와의 싸움

좌우 이념 대립과 한국전쟁

산업화 시대의 갈등과 민주화 운동

지역, 세대, 성별 사이에 벌어지는 수많은 다툼들……

정의란 내 생각이 옳다고 믿으면서도

다른 이의 생각을 배격하지 않는 마음 아닐까요

차이를 인정하되 차별하지 않는 것

모두를 생각하되 하나를 놓치지 않는 것

공동체의 질서를 존중하되

개인의 자유를 구속하지 않는 것

그렇다면 나는 정의로운 삶을 살아왔을까요

내 생각을 절대시하며 옹고집을 부린 적은 없었을까요

견해가 다르다는 이유로 동료를 배격한 적은 없었을까요

오늘밤,

모두가 자유를 누리면서도

진정으로 행복을 느끼는 세상을 생각하며

다짐해 봅니다

"나는 이제부터

다른 이의 생각과 말과 행동을

나의 울타리 안에 가두지 않겠다"라고요

❦ ❦ ❦

소통

;

눈에 보이지도 않는 바이러스가
전 세계를 휩쓸고 지나갔다
몇 년 만에야 사람들은 하나둘 마스크를 벗고
일상으로 돌아오게 되었다

차단된 시간이 길었던 만큼 많은 것이 변했다
만나지 않고도 모든 일이 가능해진 것이다

문자나 SNS로 소통하고 대화하면서
꼭 얼굴을 봐야 한다면 화상회의로 대신한다

만나지 않고도 모든 게 잘 돌아가니
차라리 속 편한 것인지 모른다

어차피 나는 어릴 때부터
사람 앞에 서는 것도
어울리는 것도
말하는 것도
어려워하지 않았던가

괜히 여러 사람 앞에서
그들과 맞추기 위해
마음 쓸 필요도 없고
이것저것 신경 쓰느라
스트레스 받을 필요도 없지 않은가

하지만 가끔은 끼리끼리 어울려

2차에, 3차에 새벽까지 달리던 생각이 나기도 하고

조금 외롭다는 생각이 들기도 한다

혼자 밥먹기

혼자 술마시기

혼자 영화보기

혼자 등산하기

혼자 노래방 가기……

뭐든 혼자서 하는 게
너무나 익숙해진 시대다

혼자라서
편하다고 할 수도 있겠지만,
혼자기만 하다면
그건 너무 외롭고 쓸쓸한 일 아닐까

이제 나는 내면으로 숨지 말아야겠다

좀 힘들어도
좀 불편해도
좀 낯설어도 그냥
웃으면서 즐겨 보아야겠다

귀를 열어 이야기를 듣고
눈을 떠 세상을 보아야겠다

사람 밖에서 외롭기보다
사람 속에서 힘들고 말겠다

⚘ ⚘ ⚘

일

"좋은 목재가 있대서 힘들여 찾아갔는데,
톱밥과 먼지로 뒤범벅이 되어 있으면
두말 않고 되돌아왔습니다"

그는 말했습니다
목재를 대하는 자세가 바르지 않으면
그 목재 역시 좋을 리 없다고요

나무를 쓰는 사람이

나무에 정성을 들이지 않고,

나무가 품고 있는 고유한 내력이나

특질을 제대로 알아보지 못한 채

나무와 함께 일하는 것은

애당초 틀려먹은 일이라고요

소목장小木匠이라면 누구나

나무에 예의를 갖추어야 한다는 말이었습니다

사람에게 이로운 어떤 물건이 탄생하려면

그만큼 많은 시간과 생명이 필요할 테니까요

그런 그의 태도를 볼 때마다

일을 대하는 마음가짐을 생각하게 됩니다

우리는 과연 어떤 마음으로

우리의 일을 대하고 있을까요

2

그는 원래 카메라감독이었습니다
무려 30년이 넘는 세월을 현역으로 지내며
드라마와 예능은 물론 다큐멘터리에 이르기까지
수많은 프로그램에 참여했지요

카메라맨은 카메라 뒤에서
카메라 앞의 사람과 사물을 주목받게 하고
사랑받게 하면서 살아가는 사람입니다

프로듀서와 함께 묵묵히
세상에 없던 영상을 만들어내는
방송계의 '숨은 꽃'이라고 할 수 있지요

그는 이제 은퇴를 앞두고
소목장이 되었습니다

그가 번뜩이는 눈으로 일하는 모습을 보고 있으면
왠지 모르게 카메라를 잡던 시절 모습이 떠오릅니다

톱과 대패와 마치와 끌을 잡고 목재를 손질하는 모습이
마치 카메라에 출연자를 담는 모습 같으니까요

3

그의 작업실은 언제나 정갈합니다
크고 작은 목재 부스러기들이 이리저리 뒹굴거나
톱밥이 어지러이 날리는 풍경이 아닙니다

끊임없이 돌아가는 집진기를 배경으로
큰 장비들은 공방 가운데,
작은 장비들과 도구들은
벽면에 가지런히 걸려 있습니다

필요하다면 직접 장비를 만들기도 합니다

적절한 장비가 없거나 값이 너무 비쌀 경우

부품을 차례로 구입해 조립하는 기지를 발휘하고는 합니다

드론이나 4D 촬영 장비가 없던 시절에도

필요한 장비를 스스로 설계하고 제작했으니

그야말로 한계 따위는 없는 전문가라고 할 수 있습니다

그는 요즘 공방에서 공예품을 만들고 있습니다

그의 손을 거쳐 만들어진
크고 작은 공예품들만 아니라,
그런 공작을 가능케 하는
장치와 도구까지 만들어 내고 있지요

공예가이면서 동시에
'공예가의 공예가'인 것입니다

어느 날 예고 없이 그를 찾더라도
왼손에는 도면이
오른손에는 톱이나 대패가 들려 있을 것입니다

귓바퀴에는 연필을 올려 놓고
콧잔등에는 돋보기를 걸쳐 놓은 채
조심스레 장비를 조작하고 있을 것입니다

이념이 아니라 실상을 좇고,
머리가 아니라 온몸으로 밀고 나가는
그의 어깨는 넓고 다부질 것입니다

그는 나무에 대해 예의를 갖출 줄 아는
진짜 소목장입니다

도전

;

어떤 사람은
일할 수 있는 자유를 달라 하고
어떤 사람은
일하지 않을 자유를 달라고 한다

일자리를 달라는 요구와
고된 일에서 벗어나고 싶다는 바람은
사실 같은 말인지 모른다

누구에게나
자신이 하고 싶은 일을 할
자유가 있기 때문이다

나의 자유로운 선택이

기쁨과 행복을 주리라는 생각

우리가 늘 새로운 일을 찾고

그 일에 도전하는 것은

바로 그 때문이다

「미스터트롯」으로 일약 대스타가 된 '트바로티' 김호중은

경계를 뛰어넘는 과감한 도전 끝에

자신이 하고 싶은 모든 음악을 할 수 있게 되었다

클래식 음악계에 계속 남아 있었다면

그는 지금쯤 커다란 자괴감에 빠졌을지 모른다

하지만 그는 용감하게

트로트 무대에 성큼 뛰어들었다

관행에 안주하지 않고

하고 싶은 일에 자신을 내던짐으로써

그는 클래식과 대중음악 모두를 할 수 있게 되었다

어쩌면 그가 진정으로 하고 싶었던 것은

뛰어난 가수가 아니라

자유로운 음악이 아니었을까

일이란

삶을 실현하기 위해 나아가는

끝없는 여정이다

자유를 위해

우리는 끊임없이

새로움에 도전해야 한다

누구나 처음 겪는 일에선
불안을 느끼지만

자유를 향한 우리의 여정을
적당히 멈출 수는 없는 일이다

우리 앞에 펼쳐질 새로움을 그리며,
우리는 우리의 미래를 향해
오늘도 조금씩 조금씩 나아간다

독서

;

'남아수독오거서'男兒須讀五車書

당나라 시인 두보는
사람이라면 모름지기
다섯 수레의 책은 읽어야 한다고 했다

수레의 크기에 따라 다르겠지만
실로 엄청난 양의 책을 읽어야
선비가 될 수 있다는 말이다

그로부터 '오거서'니 '다섯 수레'니 하는 말들은
동양 전통에서 일종의 교양으로 자리 잡았다
공부하는 사람에게 가하는 무언의 압력이라 할까

문학을 가르치는 대학 강의실에서도
다독은 아주 기본적인 문인의 자질로 가르친다
책을 읽지 않고서는
시인도, 소설가도, 비평가도 될 수 없다는 말이다

남의 글을 읽는다는 것은

그 사람의 생각을 이해한다는 것이고

그 사람의 생각을 제대로 이해하는 과정에서

그 글이 담고 있는 뜻을 분석하고

문장의 특색을 파악하게 된다

서로 사랑하며 배우며 Part 3

어떤 글이든

거기에는 글쓴이의 생각이 담겨야 하고

생각을 담기 위해서는

적절한 글감을 사용해야 하고

글감을 잘 배치하기 위해서는

다른 이들이 보여준 방법이나 스타일을

마음속에 담고 있어야 한다

Reading

한 곡의 노래가 마음을 달래주고

한 편의 영화가 아픔을 이겨내게 해주듯

상처받은 한 영혼에 위안을 줄 수 있다면

그 책은 참 소중하다

읽고 생각하고 쓰는 행위가
거듭되고 거듭되는 과정에서
한 사람의 문인이 탄생한다

문인이 아니라 하더라도
독서 경험 속에서 생각들이 쌓이고 쌓여
자신만의 특색 있는 사유가 형성되고
그것을 통하여 삶의 등불을 밝힐 수 있게 된다

움베르토 에코*는 엄청난 독서가였다

그가 생전에 살았던 밀라노의 한 아파트에는

무려 3만 권의 책이 있었고

우르비노 외곽의 서재에는 2만 권이 꽂혀 있었다고 한다

그가 20세기를 빛낸 위대한 사상가의 반열에 오른 것은

오직 독서의 힘으로 가능했던 것이다

● 움베르토 에코, 이탈리아의 작가

한 곡의 노래가 마음을 달래주고
한 편의 영화가 아픔을 이겨내게 해주듯
상처받은 한 영혼에 위안을 줄 수 있다면
그 책은 참 소중하다

내 인생 '다섯 수레'에는
몇 권의 책이 실려 있을까
부끄럽다

하지만 내 인생,
아직 끝나지 않았다

교육

;

"지금쯤이면 학교가 많이 달라졌을 줄 알았어
그런데 우리 때랑 달라진 게 별로 없더라"

손님이 하나둘 자리를 뜨던 카페에서
친구는 푸념하듯 말했다

'행복은 성적순이 아니잖아요'라는 말이
아직도 심심치 않게 들리는 것을 보면
우리의 교육은
누군가의 행복을 위해 만들어진 제도는
아닌 듯하다

같은 해에 태어난 몇 십만 명의 학생이
같은 목표를 향해 달려가는 규격화된 경쟁

우리의 교육은 아직도
가르치고 싶은 것을 가르칠 뿐
배우고 싶은 것을 가르쳐주지 않는다

사람에겐,

모르는 건 알고 싶고

알면 자랑하고 싶고

자랑하는 게 너무 좋아서 다시

더 많은 걸 알아내고자 하는 본성이 있다고 한다

인간은 알고자 하는 본능에 의지해

생존력을 키웠고, 나아가

생물학적으로 월등한 동물들과의 싸움에서도

승자가 되었다고 한다

아는 것을 자랑하고

자신의 능력을 과시하려는 본능이

매력적인 이성을 유혹했고

인류의 번영을 이끌었다는 말도 있다

미래가 정말 교육에 달려 있다면

우리 모두가 공감할 수 있는

행복한 배움터를 만들어야 한다

'네'가 가르치고 싶은 것이 아니라
'내'가 알고 싶은 것을 깨우치는 일

그것이 최상의 교육이 되었으면 좋겠다

❦ ❦ ❦

우리는 오로지 사랑을 함으로써
사랑을 배울 수 있다.

아이리스 머독

Iris Murdoch

My time for me

Part 4

나를 위한
나의 시간

이방인

;

석포에서 울산으로
울산에서 서울로
서울에서 파주로

사십 년간 일곱 번의 집들이를 치렀습니다

거처를 옮길 때마다
내심 이번이 마지막이기를 바랐지만
세상 일이란 게 그리 뜻대로 되지는 않더군요

열 살 무렵,
저는 아버지와 어머니의 뜻을 따라
대한민국의 산업수도로 불리는 도시
울산으로 향했습니다

방파제와 갯바위를 처얼썩 때리는 파도는
산과 나무밖에 모르던 산골소년의 가슴을
밤새도록 울려댔습니다

이제껏 겪어보지 못했던 바다 내음과 파도 소리는
한 어린 영혼을 순식간에 엄청난 두려움으로
몰아넣었지요

파도 소리에 친숙해지고

바닷가 사투리에 익숙해질 무렵

저는 미래를 위해 서울로 발걸음을 옮겼습니다

어떤 세상이 좋은 세상이며

세상을 위해 무엇을 해야 하는가 고민하는 사이

소년은 어른이 되었고

누구보다 소중한 가족들을 곁에 두게 되었습니다

열여섯 소년이 오십 대 장년이 된 지금,
저는 경기도의 한 신도시에 둥지를 틀고
서울을 왕래하며 살아가고 있습니다

생각해보면 사람이란 모두
떠돎을 숙명으로 타고난
존재가 아닐까 합니다

살며 살아가며
외부의 변화를 받아들이고
또한 스스로 변해가는 게 우리 인간의 운명일 테니까요

늘 고향을 그리워했던

영원한 청년 시인 윤동주의 삶처럼,

우리는 늘 어딘가를 그리워하고 사랑하며 살아갑니다

한곳에 머무른들

다른 곳을 그리워하지 않을 재간이 있을까요

나의 영혼은 진정으로 그곳에 머무를 수 있을까요

어쩌면 나는 영원한 이방인인지 모르겠습니다

❦ ❦ ❦

청춘

Ⅰ

나의 이류의식은 중학생 때부터 시작되었다
내가 놀 때 같이 놀고, 공부할 때 같이 공부하는 1등,
혹시 몰래 과외를 받을 지도 모르는
그 친구를 이겨 보기 위해
나는 밤늦게까지 공부하고는 했다

잠을 쫓기 위해 물을 채운 대야에 발을 담갔고,
때로는 컴퍼스로 허벅지를 찔렀다
하지만 1등은 언제나 녀석의 독차지였다
어쩌다 내가 90점을 받으면 녀석은 꼭 100점을 받았다

훤칠한 키에 잘생긴 얼굴
성격도 좋아서 그는 늘 친구들로 둘러싸여 있었다

아무리 열심히 해도 1등을 차지해보지 못한 탓일까

언제부터인가 나는

꼭 2등을 할 것만 같은 강박에 빠져 있었다

우승보다는 준우승을

최우수상보다는 우수상을

장원보다는 차상次上을 받을 것만 같은 생각이 들었다

고등학교 문예반 때도

재수 끝에 턱걸이로 들어간 대학에서도

숱한 차상을 받았다

기라성 같은 선배들과 뛰어난 천재들 탓에

장원이나 최우수상은 언감생심이었지만

눈에 아른거리는 1등상은

그렇게 나의 마음에

부러움과 좌절감을 동시에 안겨주었다

**One's
Youth**

자신의 길을
걸어가는 사람에게는
더 없이 감동적이고
새로운 삶이 찾아든다

2

수많은 예선 탈락과 최종심 탈락 끝에
겨우겨우 등단한 것은 서른을 훌쩍 넘긴 나이였다
나름대로 최선을 다했지만,
6년만에 나온 첫 시집도 큰 주목을 받지 못했다

어쩌면 그때부터였던 것 같다
이제부터 무슨 일이 있어도
시와 시집을 상재上梓하는
시인 본연의 일에 소홀히 하지 않겠노라
다짐한 것은

3

나는 네 번째 시집을 탈고하기 위해
강원도 횡성 '예버덩문학의집'에 한 달간 자리를 틀었다

어쩌면 이것이 내 청년기의
마지막 시집이 될 수도 있겠다는 생각이 들었다

비록 세간의 주목을 받지 못한다 하더라도
세계에 대해 좀 더 다가가 보기로 했다

표현보다는 의미를

외부보다는 내부를

현상보다는 실체를 고민하고자 했다

이러한 각오는 오십이 넘은 나이에도

청년다운 패기로 열정적인 도전을

이어갈 수 있는 원동력이 되어주었다

4

누구나 자신만의 삶이 있다
내가 원하는 것을 진정으로 알게 되는 순간
마음속 고민은 잦아들고
자신의 본분을 다할 수 있다

꼴찌에게 갈채를 보낸 소설가 박완서 선생의 이야기처럼,
고독하고 고통스러운 삶도 언젠가는
저마다의 빛을 보기 마련이다

자신의 길을 걸어가는 사람에게는
더 없이 감동적이고 새로운 삶이 찾아든다

5

기약한 시간이 다 되어 가는 이제야
책상 뒤로 커다란 창이 있으며
그 창밖으로 돌담이 있고 나무가 있고
푸른 하늘이 있다는 것을 알았다

앞만 보고 가느라 뒤를 돌아보지 못한 탓이다
작업실 책상에 앉아 모니터만 들여다 본 탓이다
가끔씩 창밖 풍경을 보지 않은 것은 아니지만
뒤를 돌아본 적은 없었다
앞이 아니라 뒤도 좀 보고 살아야겠다
등 뒤의 맑고 청량한 하늘을 보고 살아야겠다
블라인드를 걷어 올리고
창문을 열고 눈을 들어 하늘을 보아야겠다

6

횡성에서는 모름지기

일흔 살까지는 청년이라는 말이 있다

나의 청춘은 지금부터 시작이다

❦ ❦ ❦

경제

I

군 입대를 몇 달 앞두고 아르바이트를 했었다
시를 쓰는 재주 외에는 별다른 특기가 없던 나는
막노동을 하며 돈을 모았다

동네 빌라를 짓는 작은 공사장에서
벽돌을 져 나르거나 사모래를 섞거나
잔심부름을 해야 했다

현장 인근 모텔에서 잠을 자고,
아침 식사는 오전에 주는 빵으로 때웠다

나는 아직 싱싱했고 힘이 넘쳤지만
벽돌과 사모래를 짊어지고 몇 번 오르락내리락하고 나면
금세 녹초가 되었다

쌀쌀한 초봄인데도 팬티까지 땀이 흥건했다
온몸이 척척하고 까끌까끌했다
머리를 털면
바싹 마른 소금 가루가
버슬버슬 떨어졌다

허겁지겁 점심을 먹고 나면

쓰러질 듯 잠이 밀려 왔다

아무 데나 몸이 들어갈 만한 빈구석이면

기대어 쪽잠을 잤다

꿈도 꿀 수 없는 단잠을 한 십여 분 잤을까

"어이, 김 군!"

십장의 거친 목소리는

악마의 괴성처럼 귓전을 때렸다

2

오전에 했던 일을 오후에도 해야 했다
하루 열 시간의 막노동은
나의 끓는 피를 아주 차갑게 식혔다

아르바이트 수입으로는 제법 짭짤한 돈을 받았지만
먹고 자는 비용에 약값을 내고 나면
남는 것이 별로 없었다

석 달 동안 미친 듯이 막일을 했으나
막상 입대할 쯤에는 어머니께 손을 내밀어야 했다

내가 먹을거리와 네가 먹을거리를

효과적으로 분배하는 일,

혼자 잘살기보다 여럿이 잘살기를 추구하는 일,

경제란 그런 것이 되어야 한다는 것을

나는 그때 본능적으로 느꼈다

그렇게 하기 위해 내가 열심히 살고

네가 열심히 살아가는 것

그런 것이 경제가 되어야 한다는 것을……

미국의 평론가 라이오넬 트릴링*은
'문화인'이라는 사람들의 모순을 이렇게 비판했다

"문화인은 정치적으로는 부와 쾌락을 원하면서
예술적 · 실존적으로는 내핍과 괴로움을 원하는
모순적 상태에 있다"

하지만 나는 그의 말에 동의하지 않는다
나에게 필요한 것은 언제나
'예술적 · 실존적으로' 부와 쾌락이었으므로

● 라이오넬 트릴링, 미국의 영문학자 · 소설가 · 평론가

힘겨운 삶을 살아가는 모든 이들의
살림 걱정을 조금이라도 덜어주는 것,

그것이 경제의 목적이고
목적지여야 한다

❀ ❀ ❀

선택

,

"인생은 B와 D 사이에 있는 C다"

프랑스의 철학자 장 폴 사르트르의 말입니다
우리는 탄생Birth과 죽음Death 사이에서
끊임없는 선택Choice을 해야 한다는 뜻이지요

인생은 끊임없는 선택의 연속입니다

점심 메뉴 같은 사소한 선택에서부터

직장이나 결혼 같은 중대한 결정에 이르기까지

우리는 하루에도 수십 번씩

크고 작은 결정을 하면서 살아가지요

이러한 선택이 모여

한 사람의 인생을 결정짓기도 합니다

지금도 가끔 그와의 만남이 떠오릅니다

초록빛과 진초록빛이 섞여

녹음을 이루었던 무더운 그해 여름,

이따금씩 밤섬의 비릿한 한강 냄새가 실려오는

상수동 뒷골목 어느 선술집에서

우리는 술잔을 기울이고 있었습니다

저는 그의 말에 깊게 깔린 동양철학과

진국과 같은 성품을 사랑했습니다

그는 사회적 이슈에 대해서는 누구보다 비판적이었지만

일상에서는 함부로 누구를 비판하지 않았지요

날카로웠지만 정감 넘치는 사람이었습니다

그날 우리는 헤어지고 있었습니다
원하는 학문의 길을 마음껏 걸어가고 싶었지만
술잔을 주고 받을 때마다 눈앞의 현실이 떠올라
자꾸만 한숨이 나왔습니다

먼저 떠난 것은 저였습니다
한 지역방송사의 PD가 되어
학문의 길을 뒤로한 것이지요

그도 얼마 지나지 않아
젊은 아내와 어린 아들 둘을 데리고
가깝지만 먼 나라
중국으로 떠나갔습니다

생각해 보면 우리 모두
넉넉한 형편이 아니었습니다

하지만 그는 지금 중국의 어느 대학에서
강의를 한다고 하고,
저는 방송사를 거쳐
전업 시인이자 평론가로
살아가고 있습니다

우리는 이제 서로 만나지 못하고 살지만,
그는 그의 길을
저는 저의 길을
걸어가고 있습니다

어쩌면 우리는 그때

저 진초록의 시기를 보내고 있었던 것인지도 모릅니다

눈앞의 현실에 좌절하고 말았지만

넘치는 가능성의 지평 위에 서 있었던 것인지 모릅니다

이처럼 우리의 선택은

언제나 우리를 새로운 길로 이끌어줍니다

사라져 간 가능성을 생각하면

때때로 한숨이 나오지만

오랜만에 찾은 상수동의 한 카페에 앉아 생각해 봅니다

어떠한 선택에도 우리는

다시 일어서 앞으로 나아가야 한다고요

🌱🌱🌱

취미

;

내가 하면 즐겁고

다시 하고 싶고

계속 즐기고 싶은 것

취미란 가벼운 마음으로 가볍게

또한 오래도록 곁에 두고 싶은 일이다

나는 레코드 가게 주인이 되어
종일토록 좋아하는 음악을 듣거나
버스기사가 되어 대륙을 넘나들며
온 세계를 여행하는 꿈을 꾸고는 했다

아,
취미를 직업으로 삼은 사람이 있다면
그는 얼마나 행복할까!

나는 20년이 넘게 방송 일을 했다

전시나 공연을 무대에 올렸고

때로는 방송정책 업무를 담당하며

선망받는 PD로 살아왔다

하지만 나는 즐겁지 않았다

그토록 입사하고 싶었던 회사였고

그토록 재미있는 일이라 생각했지만

그것이 업무였을 때의 스트레스는 어마어마했다

취미와 직업의 행복한 일치는 세상에 없는 것일까

어릴 때 나는 모으는 것을 좋아했다
나름의 규칙을 정하여 재료들을 모으고
거기에 의미를 부여하면서
내가 지배하는 나의 작은 세계를 만드는 듯한 느낌,
그것이 참 좋았다

유리구슬은 안에 새겨진 무늬의 패턴에 따라
모아두는 통을 달리했고
딱지를 모을 때는
가장자리에 찍힌 별의 개수나
색깔을 기준으로 나누었다

아무런 제약도 없이

마음 가는 대로 마음껏

가벼운 마음으로 가볍게

즐기고 놀았던 어린 시절이 그립다

최근 몇 년 서예를 배우면서도 그랬다
잘 쓰려고 할수록 글씨는 삐뚤빼뚤, 삐뚤빼뚤
전시를 앞두고는 손이 떨려 아예
붓을 제대로 잡을 수도 없었다

마음 가는 대로
즐겁게 신나게 살겠다는 생각,
그게 필요한 것이었다

내가 좋아하는 일이 내 직업이 되도록

취미와 업무가 분리되지 않는 삶을 살겠다고

이 밤의 상념 속에서

다짐해 본다

❦❦❦

진정한 기쁨

철 지난 폭설과 세찬 바람이 물러나고
어느덧 땅에서 상큼한 흙내음이 올라온다

하지만 내 마음은 무엇 때문에
황무지의 먼지바람 속에서
고개를 파묻고 걷는 것처럼
답답하고 무거운 것일까

나는 무엇 때문에
새봄의 눈과 바람을
긍정적 신호로 바라보지 못하는 것일까

2

스피노자는

확실하지 않은 미래나 과거에 대한

관념에서 생기는 불안정한 기쁨을

희망이라고 정의했다

그리고 그것이 동시에

두려움을 만들어낸다고 말했다

내가 추구했던 것은

어쩌면 이러한 불안정한 기쁨이 아닐까

3

살다 보면
나올 듯 말 듯
끝끝내 나오지 않는 한 구절이
내 발목을 잡을 때가 있고

하나의 생각이
매듭에 꼬인 것처럼
풀어지지 않을 때가 있다

그럴 때 내가 할 수 있는 일이라고는
마치 빈 방에 갇힌 짐승처럼 울부짖는 일뿐이다

삶이라는 여정 속에서,
우리는 스스로 짊어진 과제를
풀어나가는 능력이 결핍된 자신을
수시로 발견한다

그럴 때마다
우리는 스스로를 책망하며
자신의 무능력을 뼈저리게 느낀다

아무리 노력해도 해결할 수 없는 근본적 무능은
우리를 언제나 슬픔으로 이끌어 간다

하지만 우리의 존재 의의는
바로 이런 곳에 있지 않을까

인간은 불안정한 기쁨과 슬픔 속에서
희망과 두려움을 누리며 사는 존재이니까

진정한 슬픔을 경험하고 이해할 수 있는 사람은
진정한 기쁨을 느낄 줄 안다

다른 이의 감정을 이해하고 공감함으로써
공동체와 연결되며
더 큰 의미 있는 경험을 할 수 있게 된다

어쩌면 새봄의 눈과 바람은
나에게 슬픔의 진정한 가치를
알려주기 위해 찾아온 건지도 모르겠다

❀ ❀ ❀

그리움

I

내 곁에 없는 것,
나를 떠나간 것들을
마음에 품고 뒤척이는 밤들을
누가 좋아하겠는가

내가 살아온 나의 흔적들은 모두 지워졌다

유목민의 바이칼 호수와 아무르 강이
기억에서 기억으로 전해지듯
내가 살던 집과 이웃도 이젠 기억이 되었다

태백의 너와집도

봉화의 초가집도

장생포와 대일의 슬레이트 집도 지금은 없다

기억은 시간을 타고 흩어지면서

몇 장의 스틸사진으로 남을 뿐이다

너무 일찍 세상을 떠난 후배가 있다

K는 나의 결혼식 피로연이 있던 날
끔찍한 죽음을 맞았다
고속으로 달리던 한밤의 자동차는
그를 한 순간 뇌사 상태에 빠뜨렸고
해야 할 일이 너무나 많았던 K는
오랫동안 이승을 떠나지 못했다

그의 영혼에는 무엇보다
이 세상을 사랑하는 순수하고 맑은
언어가 들어 있었다

다른 시인들과 마찬가지로
그도 우리 서정시가 오래도록 보여 주고 있는
감정이입과 물아일체의 정서를 선호했다

그는 선배들의
단순 반복을 벗어나려 노력했지만
그 경계를 벗어나는 일은 쉽지 않았다

때문에 그의 영혼에는 순수하고 맑은 언어가
늘 족쇄처럼 무겁게 채워져 있었을 것이다

그가 생전에 추구했던 문학의 길은

이 땅의 모든 시인들에게 골고루 나누어졌지만,

그의 죽음을 아무리 슬퍼해도

그가 되살아나지 못한다는 것을

나는 너무나 잘 안다

그가 보고싶다

longing

기억은 시간을 타고 흩어지면서

몇 장의 스틸사진으로 남을 뿐이다

잠 못 이루는 밤에

매일 똑같은 하루하루를 보내던 어느 날, 저는 불현듯 사표를 던지고 사랑하는 직장을 떠났습니다. 삶은 불안정해졌고 고민 또한 늘어났지만, 제가 마주한 또 다른 세상은 저 자신을 돌아볼 수 있는 소중한 무대였습니다.

생애 첫 산문집 『너를 생각하고 사랑하고』에는 꽃처럼 아름답게 자신의 인생을 가꾸고 싶은 한 사람의 작은 소망과 성찰을 담고자 했습니다.

인생은 무엇인지, 사랑은 어떤 것인지, 미래는 어떠해야 하는지…… 다양한 주제에 대해 때로는 지난 날을 되돌아보며, 혹은 불투명한 요즘의 현실을 두루 살피며 글을 적었습니다.

산문집이 나온다는 소식을 전한 뒤 주변 지인들에게 적지 않은 메시지를 받았습니다. 메마르고 각박한 세상에서 이렇게 작고 소박한 글이 큰 반향을 얻은 것은, 아마도 글 속에서 인간의 보편적 존재감을 함께 느끼기 때문이 아닐까 싶습니다. 누군가와의 진실한 만남을 갈구하는 우리 모습을 발견하기 때문일까도 싶고요.

하루가 가고 또 새로운 하루를 준비하는 시간, 다른 어느 때보다도 삶의 의미를 되새겨보게 되는 고요한 밤, 잠 못 이루는 밤, 이 책이 독자 여러분의 앞길을 밝히는 작은 등불이 되기를 소망합니다.

2023년 10월

지은이

너를 생각하고 사랑하고

초판 1쇄 인쇄 2023년 10월 15일
초판 1쇄 발행 2023년 10월 20일

지은이 김재홍
펴낸이 김정동
편집 김승현   **홍보** 나윤주   **마케팅** 김혜자 최관호
펴낸곳 서교출판사
주소 서울시 마포구 성지길(합정동) 25-20 덕준빌딩 2층
전화 02-3142-1471(대)   **팩스** 02-6499-1471
이메일 seokyobook@gmail.com
블로그 http://blog.naver.com/seokyobooks
홈페이지 http://seokyobook.com
페이스북 @seokyobooks   **인스타그램** @seokyobooks
ISBN 979-11-89729-85-1 (03810)